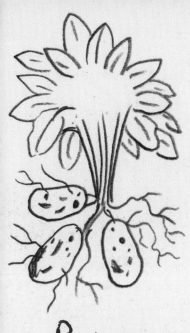

Patata

elga

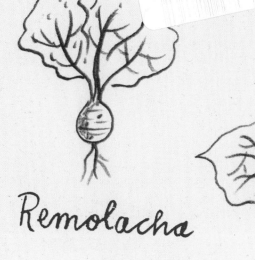

Remolacha

Salvia

rándano

Pepino

Maíz

Judías verdes

Calabacín

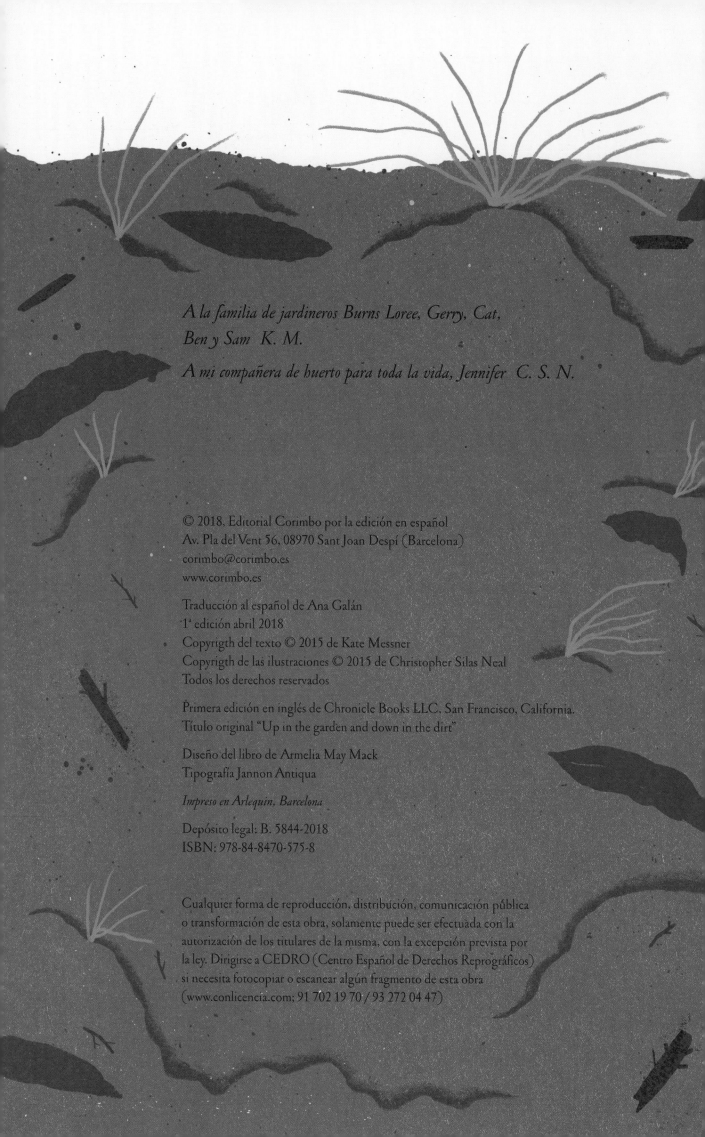

A la familia de jardineros Burns Loree, Gerry, Cat,
Ben y Sam K. M.

A mi compañera de huerto para toda la vida, Jennifer C. S. N.

© 2018, Editorial Corimbo por la edición en español
Av. Pla del Vent 56, 08970 Sant Joan Despí (Barcelona)
corimbo@corimbo.es
www.corimbo.es

Traducción al español de Ana Galán
1ª edición abril 2018
Copyrigth del texto © 2015 de Kate Messner
Copyrigth de las ilustraciones © 2015 de Christopher Silas Neal
Todos los derechos reservados

Primera edición en inglés de Chronicle Books LLC, San Francisco, California.
Título original "Up in the garden and down in the dirt"

Diseño del libro de Armelia May Mack
Tipografía Jannon Antiqua

Impreso en Arlequin, Barcelona

Depósito legal: B. 5844-2018
ISBN: 978-84-8470-575-8

Arriba
en el huerto y
Abajo
en la tierra

Por Kate Messner con ilustraciones de Christopher Silas Neal

corimbo

Contemplo el huerto y planifico, con semillas en las manos y la cabeza repleta de sueños.

El sol de primavera calienta y derrite la nieve adormecida.

El viento sopla entre las plantas del pasado año,
y el barro se pega a mis botas.

—Todavía no es el momento —dice mi abuela—.
La tierra todavía tiene que secarse y calentarse.

—¿Qué hay debajo? —pregunto.

—Debajo de la tierra hay un mundo de gusanos e insectos que cavan, construyen túneles y la remueven. Ya hace días que están trabajando.

Arriba en el huerto, arrancamos los tallos secos
y ponemos las malas hierbas en la carretilla para
dárselas a las gallinas. Mientras las gallinas buscan
y picotean, nosotros abonamos la tierra.

Abajo en la tierra, los bichos bola mordisquean
las hojas del año pasado. Les doy un toquecito
y se enrollan bajo su armadura plateada.

Arriba en el huerto, ha llegado el momento de plantar. Con el dedo hago un surco y esparzo las semillas con cuidado.

—Dales de beber —dice mi abuela. Con la mano las cubrimos de tierra.

Abajo en la tierra, el gusano del tomate descansa y espera a que salgan las hojas donde pondrá sus huevos.

Arriba en el huerto, brotan las hojas de la zanahoria. Florecen las plantas del guisante. Las avispas están al acecho y las abejas nos visitan con sus patas cargadas de polen.

Quito las malas hierbas y las ramas secas. Hace tanto calor que hasta la abuela se pone a la sombra.

Debajo de la tierra, las lombrices cavan túneles profundos. Ahí están a oscuras, húmedas y fresquitas, y me dan un poco de envidia.

Arriba, en el jardín, ¡está lloviendo!

¡Mi abuela me riega con la manguera!

¡Yupiiiiii!

Me escondo entre las plantas de pepinos, pero las hojas no me resguardan. Tirito y me río, empapada por la lluvia de mi abuela.

Abajo, el agua penetra en la tierra. Las raíces beben, y una araña de patas largas camina sobre los pequeños riachuelos.

¡Arriba en el huerto hay tanto que comer!
Las mariquitas se dan un festín de pulgón.

Mi abuela corta judías verdes. Yo muerdo un tomate maduro calentado por el sol. El jugo me baja por la barbilla.

Abajo en la tierra, un zorzal petirrojo atrapa un saltamontes con el pico y, después, un escarabajo. Las babosas le resultan deliciosas.

Arriba en el huerto, recogemos pepinos
y calabacines mientras anochece.
Los murciélagos vuelan entre los girasoles
mientras yo quito los escarabajos de la
albahaca hasta la hora de acostarse.

Abajo en la tierra, la mofeta empieza su
turno de noche. Olisquea y zampa gusanos
mientras duermo.

Arriba en el huerto, la mantis religiosa se despierta
y caza mosquitos. Mi abuela fumiga los pulgones
mientras yo persigo saltamontes.

Estoy a punto de *atrapar* uno, pero . . .

¡Clap! ¡Alguien se adelanta!

Abajo en la tierra, una culebra suave y brillante se da un banquete.

Arriba en el huerto, el viento ahora es fresco.

Las calabazas se ponen de color naranja y los girasoles
saludan al mes de septiembre. Mi abuela ata los tallos
y construye una pequeña cabaña para leer.

Abajo en la tierra, una araña teje su tela con hilos se seda. Esta noche cenará polillas.

Arriba en el huerto, las hojas de colores cubren las vides de calabaza, y sabemos que se acerca el frío.

¡*Rápido, hay que cosechar!*

¡Hay hasta para compartir con los vecinos!

Abajo en la tierra, las hormigas están muy atareadas recogiendo lo que nosotros desechamos. Almacenan comida para los días fríos que han de llegar.

Arriba en el huerto, el rocío dibuja encajes en las hojas que todavía quedan, de donde cuelgan racimos de huevos que esperan a que regrese el calor. Decimos adiós y extendemos las mantas de invierno.

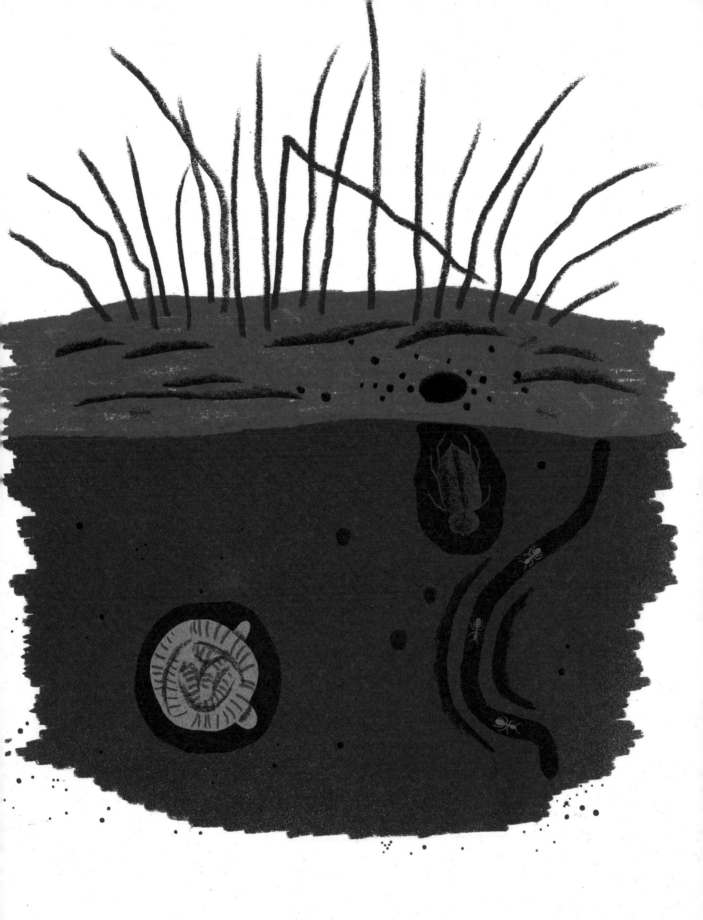

Abajo en la tierra, los escarabajos cavan agujeros.
Las hormigas vuelven a casa. Las lombrices se
acurrucan en la oscuridad.

Cuando el abuelo nos llama para cenar,
la luna otoñal ilumina el cielo.

Arriba en el huerto, los tallos secos del maíz
tiemblan y el aire huele a invierno.

Pero los largos días de verano ahora perviven
en la tierra.

Las mariquitas, las abejas, los gusanos
y las hormigas se esconden . . .

y esperan su momento . . .

Sueñan con el calor del sol, los capullos y los brotes.

Bajo las ramas desnudas de los árboles
y un manto de nieve,
un nuevo huerto duerme
bajo la tierra.

Nota de la autora

Todos los huertos son el resultado del trabajo de una comunidad. ¿Sabes por qué? Porque aunque tú plantes las semillas y quites las malas hierbas, las plantas no crecerían sin la ayuda de las pequeñas criaturas que viven en la tierra.

Algunas ayudan a controlar las plagas que quieren comerse el brócoli y los tomates antes que tú. Algunas hacen túneles que ayudan a airear la tierra y a que el agua se cuele más fácilmente. Y aunque parezca increíble, algunas depositan sus excrementos junto a las plantas de las judías verdes y añaden nutrientes importantes a la tierra.

Un buen huerto ecológico necesita insectos y otros seres vivos que, junto con las personas, ayudan a que las plantas crezcan sanas y fuertes.

Los animales

Todos los animales que salen en este libro existen de verdad y viven, comen y trabajan en los huertos de verduras. Algunos ayudan, pero otros... no tanto.

 Las **gallinas** son animales de granja, pero cada vez hay más familias que tienen gallinas en sus jardines. Estas mascotas cumplen una doble función: ponen huevos para sus dueños y se comen los bichos, las malas hierbas y los restos de comida. Los excrementos de las gallinas son un abono excelente.

 Los **bichos bola** no son insectos, sino crustáceos terrestres. Su nombre científico es *Armadillidium vulgare*, pero hay gente que los llama chanchitos, cochinillas o bichos bola por su costumbre de hacerse una bola al sentirse amenazados. Los bichos bola comen plantas en descomposición y proporcionan nutrientes importantes a la tierra.

 La **manduca sexta** o **gusano del tabaco** es el estado de larva de una polilla que ocasiona plagas muy temidas en los huertos. Las polillas adultas suelen poner huevos en las hojas de las plantas del tomate. De los huevos salen larvas que comen las hojas. Cuando la larva crece, se mete bajo tierra y se convierte en pupa o crisálida. Dos meses más tarde nace la polilla y vuelve a comenzar el ciclo.

 Las **abejas** y los **abejorros** ayudan a polinizar las plantas del huerto. Cuando van de flor en flor, llevan néctar y polen, y ayudan a fertilizar las flores. Sin el intercambio del polen, la floración de plantas como el pepino, la calabaza y la sandía no daría las frutas y verduras que comemos.

Las **lombrices** son las grandes estrellas del huerto. Sus túneles ayudan a airear la tierra y a que el agua circule más fácilmente. Un exceso de agua no es bueno porque podrían salir hongos y moho, e impedir que el oxígeno llegue a las raíces de las plantas. Al excavar, se tragan la tierra, las raíces y las hojas en descomposición. Después, lo defecan convertido en humus, una materia más fina y blanda llena de nutrientes que ayudan a las plantas a crecer.

Las **arañas de patas largas** que solemos ver en las huertas son opiliones, también llamadas segadoras. Están emparentadas con las arañas, pero se diferencian de estas en que no tienen el cuerpo dividido en dos secciones diferenciadas. Las opiliones no son venenosas ni tienen glándulas de seda. Comen plantas en descomposición y algunos insectos perjudiciales como el pulgón y los ácaros.

El **zorzal petirrojo**, o *Turdus migratorius*, es una de las muchas especies de pájaros que comen insectos en los huertos. Esto es muy útil porque los grillos, los escarabajos, las babosas y las larvas pueden dañar las plantas. Algunos jardineros, para atraer a estos pájaros comedores de insectos, plantan pequeños arbustos para que se escondan y les construyen pequeñas pilas de agua para que beban y se bañen.

Los **murciélagos** son de gran ayuda para los jardineros. Al igual que los pájaros, comen insectos que dañan las plantas, como esos mosquitos tan pesados que te pican mientras intentas quitar las malas hierbas al anochecer. Un pequeño murciélago puede devorar miles de insectos en una sola noche.

El **abejón de mayo**, o *Phyllophaga*, se llama así porque suele salir en mayo y en junio. Supone una amenaza para los huertos por dos razones: las larvas pueden dañar las raíces de las plantas y los adultos devoran las hojas. Los predadores como los sapos y las ranas ayudan a mantener al abejón de mayo bajo control.

Al igual que los murciélagos, las **mofetas** son predadores nocturnos que comen plagas por la noche. A las mofetas les encantan las babosas y las larvas. Sin embargo, tienen mala reputación por su olor y a veces hacen agujeros para buscar insectos, algo que no agrada a los jardineros.

Los **gusanos cortadores** en realidad no son gusanos; son larvas que se esconden durante el día y comen por la noche. Los gusanos cortadores se alimentan de plantas jóvenes y devoran sus tallos cerca de la base, talándolos como si fueran árboles. Muchos jardineros los eliminan manualmente. Los predadores, como las mofetas, también ayudan a eliminarlos.

La **mantis religiosa** es una invitada de honor en los huertos porque le encanta comer pulgón, unos insectos que chupan la savia de las plantas y provocan que se debiliten o mueran. Una mantis religiosa grande también puede comer escarabajos y saltamontes. En otoño, la hembra se aparea y pone unos cuatrocientos huevos en una cápsula dura y marrón. Si sobrevive al invierno, en primavera saldrán muchas mantis hambrientas.

Es divertido atrapar **saltamontes** con una red, pero a las plantas no les gustan nada. Los saltamontes muerden las hojas de muchas verduras, aunque sus preferidas son las zanahorias, las judías y las lechugas. Muchos jardineros eliminan los saltamontes manualmente y del resto se encargan los predadores del huerto.

Los **colúbridos** o **culebra**s no son venenosos y no hacen daño a la gente, pero son grandes soldados en la guerra contra los saltamontes. Suelen vivir bajo las hojas caídas o entre la madera cortada y no molestan para nada en el huerto.

Los **araneidos** son arañas que tejen una tela nueva todas las tardes para capturar los insectos que vuelan por la noche. Sus telarañas están hechas de dos tipos de hilos de seda: unos son pegajosos y sirven para atrapar a sus presas, y los otros no son pegajosos y sirven para que la araña se pasee por encima.

A nadie le gusta ver **hormigas** en un picnic, pero en los huertos son insectos muy útiles. Las hormigas van de planta en planta en busca de néctar y ayudan a polinizarlas. Al igual que las lombrices, hacen túneles que ayudan a airear la tierra y posibilitan que crezcan las raíces más fácilmente.

Caléndula

Borraja

Azafrán

Tulipán

Capuchina

Rododendro

Aster

Lantana